Matar los gérmenes

por Melanie Mitchell

Consultoras para la serie: la Dra. Sonja Green, médica, y
la Dra. Ann Nolte, distinguida profesora emérita,
Departamento de Ciencias de la Salud, Universidad Estatal de Illinois

ediciones Lerner • Minneapolis

Traducción al español: copyright © 2006 por ediciones Lerner
Título original: *Killing Germs*
Texto copyright © 2006 por Melanie Mitchell

Todos los derechos están reservados. Los derechos internacionales están asegurados. Ninguna parte de este libro se podrá reproducir, guardar en ningún sistema de recobrar información, ni transmitirse en ninguna forma ni por ningún medio—electrónico, mecánico, fotocopia, grabación, ni por ningún otro medio—sin permiso previo por escrito de Lerner Publishing Group, excepto la inclusión de breves citas en una reseña reconocida.

Traducción al español por Julia Cisneros Fitzpatrick y Bárbara L. Aguirre

ediciones Lerner
Una división de Lerner Publishing Group
241 First Avenue North
Minneapolis, MN 55401 EUA

Dirección de Internet: www.lernerbooks.com

Las palabras en **negrita** se explican en un glosario en la página 31.

Library of Congress Cataloging-in-Publication Data

Mitchell, Melanie (Melanie S.)
 [Killing germs. Spanish]
 Matar los gérmenes / por Melanie Mitchell.
  p. cm. — (Libros para avanzar)
  ISBN-13: 978-0-8225-3144-9 (lib. bdg. : alk. paper)
  ISBN-10: 0-8225-3144-5 (lib. bdg. : alk. paper)
 1. Microbiology — Juvenile literature. 2. Medical microbiology — Juvenile literature.
3. Sanitary microbiology — Juvenile literature. I. Title. II. Series.
QR57.M5613 2006
616.9'041—dc22   2005013388

Fabricado en los Estados Unidos de América
1 2 3 4 5 6 – JR – 11 10 09 08 07 06

Fíjate en el **raspón** que tiene esta chica en el brazo. ¿Qué es lo que ves?

Lo importante no es lo que ves, sino lo que no puedes ver. No puedes ver los **gérmenes.**

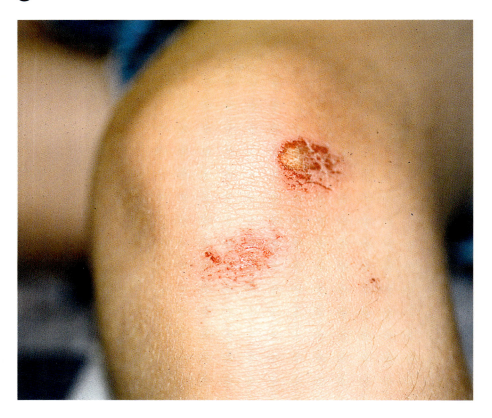

Los gérmenes son organismos pequeñísimos.
Se pueden ver únicamente con un **microscopio.**

Los gérmenes viven en todas partes. Viven en el aire. Viven en los patios de recreo. Viven en tu hogar y en tu escuela.

Los gérmenes viven en tu mascota. Y viven en ti. Los gérmenes viven en casi todo lo que te rodea.

Tocamos muchas cosas sucias durante el día. Por eso tenemos muchos gérmenes en las manos. Estos gérmenes tratan de meterse en nuestros cuerpos.

Los gérmenes esperan a que te toques la boca, la nariz o los ojos. Los gérmenes también se meten por las heridas y los raspones.

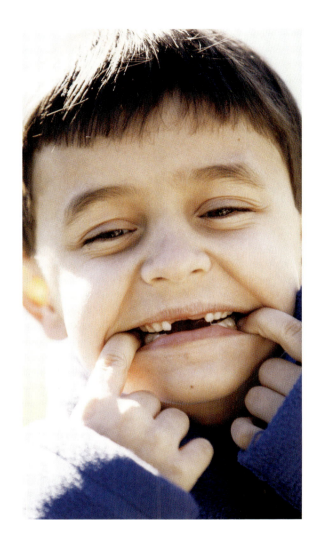

Los gérmenes que se meten en tu cuerpo empiezan a **multiplicarse.** ¡De pronto hay millones de gérmenes! Te atacan el cuerpo. Tu cuerpo trata de combatirlos.

Tu cuerpo puede matar la mayoría de los gérmenes. Matar los gérmenes te ayuda a mantenerte **saludable.**

Tu cuerpo no puede vencer todos los gérmenes. A veces los gérmenes te hacen enfermar. Te hacen estornudar y toser. Te dan **fiebre** y gripe.

Tu médico podría darte medicina para matar los gérmenes, llamados **bacterias.** Matar estos gérmenes te ayuda a ponerte bien.

Podemos deshacernos de muchos gérmenes antes de que puedan meterse en nuestros cuerpos. Límpiate las heridas y los raspones en seguida.

Luego cúbrelos con vendas. Así los gérmenes no se pueden meter en tu cuerpo.

Si toses o estornudas, tápate la boca y la nariz con un pañuelo. Esto evitará que los gérmenes se esparzan por el aire o en tus manos.

Si te lavas las manos a menudo durante el día matarás muchos gérmenes. La mayoría de los gérmenes no puede vivir en agua tibia y jabonosa.

Lávate las manos después de ir al baño.

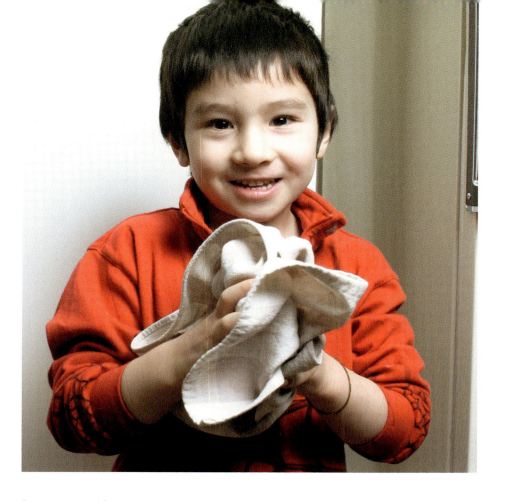

Lávate las manos antes de comer. ¡No te olvides de secártelas!

Lava las frutas y verduras antes de comerlas. Así se matan muchos gérmenes.

Fíjate en esta comida. Ha estado en la mesa todo el día. ¿Que te parece que está creciendo en la comida? ¡Los gérmenes!

Siempre guarda los alimentos en cuanto termines con ellos. Asegúrate de haber cerrado bien las bolsitas y los recipientes.

Otra manera de matar los gérmenes en los alimentos es guardarlos en el refrigerador. La mayoría de los gérmenes se muere en el frío.

Acuérdate de lavar los platos después de usarlos.

No uses el mismo vaso que acaba de usar otra persona. No compartas con nadie los tenedores y cucharas que te hayas metido en la boca.

Limpia las superficies y los pisos de tu casa. Usa esponjas, toallitas y trapeadores. ¡No te olvides de usar jabón o limpiador!

Los gérmenes viven en todas partes.
Puedes evitar la mayoría de los gérmenes.
Mantén limpio tu cuerpo. Y no permitas
que los gérmenes tengan dónde vivir.

Datos sobre los gérmenes

- No todos los gérmenes son malos. Nuestros cuerpos necesitan de gérmenes para poder digerir los alimentos. También se usan gérmenes para hacer queso y ciertas medicinas.

- Los antibióticos son medicinas que se hacen en laboratorios. Cuando nos enfermamos, los antibióticos nos ayudan a ponernos bien.

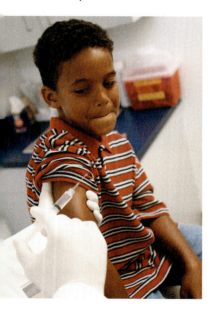

- Los antibióticos solamente matan los gérmenes que se llaman bacterias. Las bacterias pueden causar dolores de garganta y de oídos.

- Los gérmenes que se llaman virus causan catarros y gripes. Los antibióticos no pueden matar los virus. Nuestros cuerpos por sí mismos tienen que combatir los virus.

- Las vacunas son inyecciones preparadas con pequeñas cantidades de gérmenes débiles o muertos. Estos gérmenes ayudan a tu cuerpo a vencer ciertas enfermedades antes de que puedan enfermarte.

¡Tu cuerpo se defiende!

- ¡La mejor defensa contra los gérmenes es tu cuerpo! A veces sabe eliminar los gérmenes antes de que te puedan enfermar.

- Tu piel no le permite entrar a la mayoría de los gérmenes.

- Los pelitos dentro de tu nariz atrapan los gérmenes que respiras. El estornudar los hace salir.

- Uno puede llorar sin estar triste. Las lágrimas eliminan las basuritas, los gérmenes y otras cosas que te entran en los ojos.

- En tu boca viven millones de gérmenes. Tu saliva mata muchos de ellos.

- Dentro de tu cuerpo hay células especiales. Éstas destruyen los gérmenes malos que se meten en tu cuerpo. Si no tuvieras estas células, te enfermarías constantemente.

Libros y sitios web

Libros

The Magic School Bus Inside Ralphie: A Book about Germs. Nueva York: Scholastic Inc., 1995.

Nelson, Robin. *Mantenerse limpio.* Minneapolis: ediciones Lerner, 2006.

Nye, Bill, and Kathleen W. Zoehfeld. *Bill Nye the Science Guy's Great Big Book of Tiny Germs.* Nueva York: Hyperion, 2005.

Ross, Tony. *Wash Your Hands!* Brooklyn, NY: Kane/Miller Book Publishers, 2000.

Sitios web

Germs, Germs Everywhere
http://library.thinkquest.or/J002353/

Kids' Talk
http://kidshealth.org/kid/talk/

NSF Scrub Club
http://www.scrubclub.org

Glosario

bacterias: gérmenes que pueden causar dolor de garganta (angina) y dolor de oído

fiebre: temperatura alta del cuerpo

gérmenes: organismos muy pequeños que pueden hacer enfermar a las personas

microscopio: aparato que hace que cosas pequeñitas se vean más grandes

multiplicarse: aumentar en cantidad

raspón: herida pequeña en la superficie de la piel

saludable: que está en buen estado físico y sin enfermedades

Índice

alimentos, 20–23, 28

bacteria, 13, 28, 31
boca, 9, 16, 29

comer, 19, 20

enfermedad, 12, 16, 28, 29

heridas y raspones, 3, 9, 14–15, 31

lavarse las manos, 17–19
limpieza, 14, 20, 24, 26, 27

medicina, 13, 28
microscopio, 5, 31

nariz, 16, 29

ojos, 9, 29

platos, 24–25

saludable, 11, 13, 31

tocar, 8–9

vacunas, 28

Agradecimientos de fotografías

Las fotografías en este libro han sido reproducidas con la autorización de: © Beth Johnson/Independent Picture Service, portada; © Mark Clarke/Photo Researchers, Inc., pág. 3; © SCF/Visuals Unlimited, pág. 4; © Richard T. Nowitz/CORBIS, pág. 5; PhotoDisc Royalty Free de Getty Images, págs. 6, 28; © Royalty-Free/CORBIS, págs. 7, 11; © age fotostock/SuperStock, pág. 8; © Lisette Le Bon/SuperStock, pág. 9; © D. Lovegrove/Photo Researchers, Inc., pág. 10; © Image Source, págs. 12, 15, 17; © Tom & Dee Ann McCarthy/CORBIS, pág. 13; © Todd Strand/Independent Picture Service, págs. 14, 21, 25, 26; © LWA-Stephen Welstead/CORBIS, pág. 16; © Image Source/SuperStock, pág. 18; © Brendan Curran/Independent Picture Service, págs. 19, 22; © Sucre Sale/SuperStock, pág. 20; © Francisco Cruz/SuperStock, pág. 23; © Norbert Schaefer/CORBIS, pág. 24; © BAUMGARTNER OLIVIA/CORBIS SYGMA, pág. 27.